Die Mission

ein utopischer Roman von

Karl-Heinz Haselmeyer

In verzweifelter Lage

Ich war so unsagbar ich stolz, als aus über 400 Bewerbern für die Marsmission ausgewählt wurde, was für ein Idiot war ich damals! Voller Stolz dachte ich, welch eine große Auszeichnung es wäre, als erster Mensch den Mars zu betreten. Ich konnte mein Glück kaum fassen.

Ich habe ihn betreten, diesen öden Felshaufen! Alle meine Träume waren erfüllt. War es nun das erstrebenswerte große Glück für mich? Hätte ich doch nur vorher ein wenig geahnt, was uns erwartet, ich hätte mich nie für dieses Projekt beworben.

Sechs Astronauten, drei Frauen und drei Männer stellten sich der Herausforderung. In den Tagen der weiten Reise zum Mars wurden wir zu einer verschworenen Gemeinschaft. Wir waren voller Stolz und Tatendrang.

Nun sind wir nur noch vier, wenn man Ben mitzählen kann. Ben musste ich voll Opiat pumpen, er drehte durch, er hätte uns in seinem Wahn umgebracht. Lyssa bastelt an einem Empfangsgerät. Es ist sinnlos, sie will aber nicht einsehen, dass wir unsere Elektrizitätsreserven für unsere Lebenserhaltung brauchen. Lebenserhaltung? Die Nahrung und das Wasser, was Melanie und ich in aller Eile zusammenraffen konnten, reichen keine vier Wochen. Wir sind eingepfercht in das Landemodul. Wir haben kein Triebwerk, nur die Düsen für Kurskontrollen können wir für eine kurze Zeit aktivieren. Wir wissen nicht einmal, in welche Richtung es uns geschleudert hat. Die Luft zum

Atmen reicht nicht länger als die Lebensmittel. Dabei haben wir bis zur Erde noch mehr als hundert Millionen Kilometer zurückzulegen. Die Notrufe, die Lyssa noch vom Raumschiff abgegeben hat, haben sicher die Erde alarmiert, doch kann uns das helfen? Kann man von der Erde aus unsere kleine Kapsel in der Weite des Raumes auffinden? Ohne weitere Funksignale halte ich das für fast aussichtslos. Und selbst wenn es ihnen gelingt, eine Rettungsmission zu schicken, braucht es Zeit, eine Rakete fertig zu machen, und es würde Wochen dauern, bis sie uns erreichen könnten. Unsere Chancen tendieren gegen Null.

Mir bleibt viel Zeit und ich werde sie nutzen, unsere vielgepriesene Marsmission vom Anfang her niederzuschreiben. Zum Glück habe ich gegen unsere Vorschriften mein Smartphone mitgenommen, der Bilder meiner Lieben wegen. Das kann ich nun zum

Schreiben verwenden. Ich schreibe nicht nur für mich, ich schreibe auch für meine große Liebe, die dasselbe Schicksal mit mir teilt. Ist es nicht seltsam, dass ich in der größten Enttäuschung meines Lebens, in der sich alle bisherigen Ideale als Zerrspiegel herausstellen, auch das große Glück einer tiefen Liebe gefunden habe und dass gleichzeitig, wie zum Hohn, alle Zukunftsaussichten entschwunden sind?

Marsmission

Die Zeit bis zum Start verlief so unglaublich schnell, jeden Tag hartes Training und Unterricht in Geologie und technischen Grundlagen. Meine Eltern und meine beiden Schwestern sah ich nur einmal kurz vor dem Start. Ich befand mich in einem Schwebezustand, alles erschien mir unwirklich. Reale Gefahren gab es für mich nicht, man hatte mir ein blindes Vertrauen in unsere Technik anerzogen. Wo war damals auf der Erde mein kritischer Verstand?

In den Augen meiner Lieben sah ich beim Abschied so etwas wie Angst. Das bedrückte mich, weil ich damit nicht umgehen konnte. Die wichtigste Person, an der mein Herz hängt, war leider nicht erschienen. Ich bin geschieden und habe eine kleine Tochter von fünf Jahren, die ich sehr liebe. Meine Exfrau kam mit ihr leider nicht zur Verabschiedung. Sie trägt mir nach, dass ich sie bei meiner Vorbereitung zum Raumflug vernachlässigt habe, was ja auch zu unserer Scheidung führte. Ich hätte mich so sehr gefreut. meine Tochter noch einmal sehen zu können.

Den Abschied gestaltete ich so kurz wie möglich. Bei meiner Rückkehr würden meine Eltern und vielleicht auch meine kleine Tochter stolz auf mich sein, dachte ich und entzog mich den aufkommenden Emotionen.

Während der Bekleidungsprozedur waren meine Gedanken schon ganz bei dem großen Abenteuer. Je drei der Auserwählten fuhren mit dem Fahrstuhl des Startgerüstes hinauf zu der mächtigen Trägerrakete unseres Raumschiffes. Ich war bei dem zweiten Team, das die Startposition einnahm. Dann saßen wir angeschnallt mit überspannter Erwartung. Es schien wie eine kleine Ewigkeit, als aus dem Lautsprecher heruntergezählt wurde und wir endlich mit einem gewaltigen Ruck in die Sitze gepresst wurden. Der Druck und das fürchterliche Ruckeln wurden zur Qual. Was habe ich dabei gedacht oder gefühlt? Ich weiß es nicht mehr. Nur die Erleichterung, als der Druck nachließ, als wir schwerelos in den Gurten hingen, da erfüllte mich eine unbändige Freude.

Schon gleich begann ein emsiges Treiben. Wie trainiert spulten wir unsere Routinen ab. Von Aufregung keine Spur, Ich kann es nicht anders sagen, eine freudige Ruhe breitete sich aus.

<u>Das Team</u>

Ursprünglich wurden zehn Personen für die Marsmission ausgewählt und vorbereitet. Wir waren schon bei den Vorbereitungen eine verschworene Gemeinschaft, da war kein Platz für persönliche Beziehungen und Erotik, nur Respekt für die individuellen Fähigkeiten. Erst kurz vor dem Start bekamen drei Frauen und drei Männer Gewissheit, dass sie es waren, die zum Mars aufbrechen sollten. Lyssa, die Israelin, Melanie, eine dunkelhäutige Amerikanerin und Oleine, auch Amerikanerin, mit sichtbarer asiatischer Herkunft, waren uns

Männern in jeder Hinsicht ebenbürtig. Oleine war rangmäßig unsere Vorgesetzte. Jedoch waren wir ein gleichberechtigtes Team, jeder mit seinen Spezialaufgaben und jeder konnte im Ernstfall den anderen ersetzen. Pedro war als ein chilenischer Testpilot zu uns gestoßen, Ben kam von der australischen Marine zu uns, er hatte sich als Kommandant einer Kampfschwimmertruppe bewährt. Ich war der einzige Europäer, Physiker mit Schwerpunkt Robotik und Messtechnik. Nebenbei hatte ich Astronomie studiert und fühlte mich schon vor meinen Studienabschlüssen zur Raumfahrt hingezogen.

Als ich mich zu der Marsmission meldete, hatte ich nicht im Traum daran gedacht, in die nähere Auswahl zu kommen. In dem endgültigen Team war ich der Einzige, der keine militärische Ausbildung hatte. Lyssa und Melanie hatten beide einen Offiziersrang. Lyssa war Expertin für

Kommunikation, Melanie war Sicherheitsoffizier. Neben den Zehn, die auf diese Aufgabe vorbereitet wurden, gab es eine größere Anzahl ausgebildeter Astronauten, die auf einen Einsatz warteten. Ein triftiger Grund, warum die Belegschaft der Marsmission nicht aus diesem Pool ausgewählt wurde, ist mir nicht bekannt.

Auf dem weiten Weg durchs All

Unsere Begeisterung für die Raumfahrt befand sich auf einem sehr gleichen Mainstream. Wir fieberten dem Mars entgegen, angefüllt von unbändigem Stolz auf die menschliche Technik und auch auf uns selbst. Niemand im Schiff wäre auf den Gedanken gekommen, den Aufwand von etlichen Milliarden Dollar zu hinterfragen. Niemand hätte gesagt, dass dieser Aufwand in Hinsicht auf den kläglichen Zustand unseres Heimatplaneten nicht zu rechtfertigen wäre. Auch mir waren solche Gedanken damals noch völlig fremd. Zu den Milliardären, die an diesem Unternehmen maßgeblich beteiligt waren, hegte ich zwar schon immer misstrauische Vorbehalte, aber diese Mission, die uns so wichtig war, dass wir ohne zu zögern unser junges Leben dafür einsetzten, ließ keinerlei Kritik aufkommen.

Die Tage im All waren mit einem festen Arbeitsplan getaktet. Wir arbeiteten sehr konzentriert und dennoch herrschte im Schiff eine gehobene Stimmung wie auf einer Party. Wir lachten und scherzten bei jeder Gelegenheit. In Ruhephasen und bei den Mahlzeiten sprachen alle von ihrem bisherigen Leben. Je weiter wir uns von der Erde entfernten, desto mehr wurde sie für uns gegenwärtig.

Wir waren wie Kinder, die einem freudigen Ereignis entgegengehen und gleichzeitig eine ängstliche Unruhe empfinden. Ich erinnere mich an ein Gespräch, in dem wir in den langen Tagen unserer Reise versuchten darzulegen, welche inneren Kräfte uns zu diesem Abenteuer motiviert hatten. Starken Ehrgeiz mussten alle zugestehen, aber das schien uns noch nicht alles zu sein. Nach längerer Überlegung kamen wir überein, dass es wohl an einem genetischen Erbe liege. Schon unsere fernsten Vorfahren waren aus Afrika aufgebrochen, hatten die gesamte Erde besiedelt und alle damals existierenden örtlichen Gruppen von Hominiden verdrängt. Keine Flüsse, keine Meere und auch keine Gebirge konnten sie aufhalten. Dieser starke Drang nach neuen Welten musste wohl von ihnen in den Genen an uns weitergegeben worden sein.

Zu meiner Schande muss ich sagen, dass ich während der Ruhephasen in der Schlafkoje auch von Beklemmungen heimgesucht wurde und ich mir wünschte, ich hätte mich nicht zu dieser Unternehmung gedrängt. Es lag wohl an dem Gefühl, dass ich einen großen Teil der Selbstkontrolle, die mir immer sehr wichtig war, abgegeben hatte. Das waren aber Gefühle, die ich sehr schnell beiseiteschob. Ich weiß nicht, wie es meinen Schicksalsgefährten in dieser Beziehung ging, gesprochen hätte keiner von uns davon.

So merkwürdig das ist, die Tage im All wurden auch schnell zum Alltag und jeden Tag kamen wir unserem Ziel ein Stück näher. Die auf den Mars gerichteten Kameras zauberten ein täglich wachsendes Bild dieses Planeten auf unseren Monitor. Dann schwenkten wir unter Reduzierung der Geschwindigkeit auf eine Umlaufbahn ein, und als unser Raumschiff eine stabile Position erreicht hatte, machten sich Vier von uns bereit zum Abstieg.

Die Raumanzüge wurden angelegt. Zwei Teammitglieder mussten zur Sicherheit auf dem Raumschiff bleiben. Damals empfand ich Mitleid mit den beiden Frauen, die zurückbleiben sollten. Lyssa war für den Funkverkehr zuständig und Melanie war freiwillig bereit zurückzutreten, um ihre Kameradin an Bord des Raumschiffes zu unterstützen. Nacheinander bestiegen wir das Landemodul. Es war sehr eng, da wir alle benötigten Geräte, Fahrzeuge und Lebensmittel für das Überleben von einigen Tagen mit hinunter nehmen mussten. Nach Funkverständigung gab Melanie das Landemodul frei und wir entfernten uns von dem heimatlichen Raumschiff. Die Bremsraketen zündeten und wir rasten dem Mars entgegen. Wieder der starke Andruck in die Sitze, danach eine Zeit lang fast Schwerelosigkeit, dann ein starker Ruck, die Bremsschirme hatten ausgelöst. Eine unheimliche Stille verbreitete sich in der kleinen Kapsel. Dann zündeten erneut die Bremstriebwerke, ein Stoß und erneut Stille. Einige Minuten Entspannung, bis Pedro die Schleuse zum Ausstieg öffnete. Wir kletterten hinaus, unser Landemodul stand mustergültig, die gefederten Beine standen fest auf grauen Gestein. Etwas Staub war aufgewirbelt und über uns wölbte sich ein gelblicher Himmel. Das Sonnenlicht blendete, wir waren angekommen.

Der Mars

Einen Moment standen wir wie versteinert, dann fielen wir uns in unseren dicken Raumanzügen jubelnd in die Arme. Es war so irreal, fast meinte ich, in einen Science-Fiction-Film gelangt zu sein. Oleines Stimmer im Helmlautsprecher rief mich in die Realität: „An die Arbeit, wir dürfen keine Zeit verlieren, unser neues Zuhause muss eingerichtet werden. Bevor es dunkel wird, muss alles fertig sein. Morgen, wenn es wieder hell wird, muss alles wie am Schnürchen ablaufen." Wir legten sogleich fleißig los, jeder wusste, was zu tun war. Nach den Außenarbeiten zogen wir uns in das Landemodul zurück und entledigten uns der Raumanzüge. Wir sandten eine kurze Meldung an unser Raumschiff und gingen daran, die Apparaturen, die wir für unsere Forschungsarbeit brauchten, einzurichten und durchzuchecken. Es gab viel einzurichten, denn für die Landung war alles gut verstaut. Als wir damit fertig waren, begann unser Funkverkehr mit den im Orbit Zurückgelassenen. Nach unserer geglückten Landung hatte ein reger

Funkverkehr mit der Erde stattgefunden. Der Funkverkehr des Landemoduls mit der Erde musste über unser Raumschiff im Orbit hergestellt werden. Es kamen Gratulationen von der Spitze der Gesellschaft, leider auch schon Anfragen zu Statements und für Interviews. Oleine ließ von Lyssa Grüße zur Erde übermitteln und versprach, umgehend Bilder und erste Einschätzungen abzusenden. Senden und Meldungen von unserem Raumschiff empfangen, konnten wir immer nur, wenn das uns umkreisende Raumschiff in günstiger Position war.

Wir besprachen noch unser Vorgehen für den kommenden Tag, danach versuchten wir zu schlafen. Es blieb wohl allgemein bei dem Versuch.

Ich lauschte, ein leises Summen kam aus den Gedärmen unseres Landemoduls, das nun unsere sichere Unterkunft war. Vor unserer Behausung schien wohl alles in tiefes Schweigen getaucht zu sein. Gedanken rasten durch meinen Kopf. Um die anderen nicht zu stören, bemühte ich mich ruhig zu liegen. Kurz bevor die anderen sich von ihren Liegen erhoben, schien ich doch etwas eingeschlafen zu sein, denn ich wusste nicht gleich, wo ich war. Wir nahmen uns noch die Zeit für ein Frühstück, dann wurden die Raumanzüge angezogen und es ging hinein in einen uns fremden Marsmorgen. Die beiden Hunde, so nennen wir die offenen geländegängigen Fahrzeuge, wurden klar gemacht und mit den benötigten Geräten beladen. Wir wollten je zu zweit in verschiedenen Richtungen explorieren. Ich fuhr mit Ben am Steuerhebel und Oleine fuhr zusammen mit Pedro.

Wir hatten auf der Erde in trostlosen Landschaften geübt, doch das, was uns nun umgab, übertraf alles bisher Gewohnte. Es gab keinen richtigen Himmel, die Gesteinswüste dehnte sich, ohne den Augen Haltepunkte zu gönnen, der Untergrund war rau und zerklüftet. Statt des erhofften großen Erlebnisses fühlte ich Beklemmung. Für Ben war die Fahrt eine echte Herausforderung. Die auf der Erde konstruierte **G**ängigkeit war in diesem Gelände und dazu noch in Raumanzügen sicher keine optimale Lösung.

Dann hielt Ben unser Fahrzeug an und wir stiegen aus. Die kleinere Schwerkraft erleichterte die Bewegung in den schweren Raumanzügen. Wir untersuchten den Boden und nahmen erste Proben. Danach gingen wir ans Vermessen der uns umgebenden Landschaft. Wir waren 6,8 km von unserem Landepunkt entfernt. Ohne die festgelegten Aufgaben hätte ich in dieser Einöde kaum gewusst, was ich hier tun könnte. Wir arbeiteten unsere Liste mechanisch ab. Mit einem raffinierten Grabungsgerät machten wir eine kleine Ausgrabung und nahmen Proben aus verschiedenen Tiefen auf der Suche nach eventuell dort enthaltenen organischen Resten oder nach Wasser. Die Proben gaben bei erster Prüfung keine Anhaltspunkte, dass an dieser Stelle einmal Leben gewesen sein könnte. Danach fuhren wir noch weiter. Am Fuße einer aufragenden Felsenkante wiederholten wir noch einmal die Ausgrabung mit dem gleichen Ergebnis.

Nun hatten wir im Laufe des Marstages ein dickes Bündel von Messungen vorgenommen und viele Proben des Marsbodens aus verschiedenen Tiefen eingesammelt. Die ersten Aufgaben auf diesem Planeten waren damit ausgeführt. Leider hatten wir nicht gut auf die Zeit geachtet. Um unsere Unterkunft noch im hellen Licht zu erreichen, wurde unsere Rückfahrt stressig. Wir hatten in den Raumanzügen Flüssigkeit aufnehmen können, aber den ganzen Marstag nichts gegessen. Oleine war mit Pedro schon vor uns zurückgekehrt. Wir versorgten Gerät und Proben, gaben einen Bericht ab und wurden fürsorglich von Oleine mit Nahrung versorgt.

Es gab Neuigkeiten vom Funkverkehr, die Verbindung war aber schon unterbrochen. In dieser Nacht schlief ich tief und fest. Der nächste Ausflug sollte weiter hinaus gehen, wir würden noch über Nacht draußen sein.

Im Raumanzug wurde neben dem Getränkebehälter auch noch ein Behälter mit Flüssignahrung aufgefüllt. Ben sollte wieder die Steuerung übernehmen. Oleine und Pedro blieben im Landemodul. Nach jedem Kilometer machten wir eine Bohrung, füllten eine Sprengstoffpatrone in das Loch und lösten eine Sprengung aus. Die Wellen der Erschütterung wurden im Modul aufgezeichnet. Die ersten Sprengungen verliefen gut, dann lösten wir mit einer Sprengung eine riesige Staubwolke aus, die sich über ein weites Gebiet ausdehnte und uns einhüllte. Unter der festen Gesteinsschicht musste sich eine große sehr lose Schicht mit feinem Material befunden haben, aus unserem Bohrloch war ein großer Trichter geworden. Wir sammelten Staubproben und beschlossen, dieses seltsame Phänomen später zu untersuchen. Wir fuhren erst einmal weiter, um alle geplanten Sprengungen auszuführen, die dann alle ohne Auffälligkeiten verliefen.

Gegen Abend waren wir 32 km von der Basis entfernt. Die Unbequemlichkeit, in dem Raumanzug zu schlafen, wurde ausgeglichen von einem herrlichen Sternenhimmel, so hell und leuchtend, wie ich ihn daheim noch nie gesehen hatte. Deimos, der Marsmond, war fast ganz zu sehen und überstrahlte die ihm am nächsten stehende Sterne. „Also gibt es auch hier Schönheit", dachte ich etwas versöhnt. Zum Glück ist ein Tag auf dem Mars fast so lang wie ein Tag auf der Erde, er braucht für eine Umdrehung nur 40 Minuten länger als unsere gute alte Erde. Tag und Nacht, das war so vertraut, das war nun etwas, woran sich unsere verunsicherten Gefühle festhalten konnten.

Auf dem Rückweg am nächsten Tag begannen die Achsen von den Rädern unseres Hundes zu quietschen, der feine Staub der einen Sprengung auf der Hinfahrt hatte sich wohl in die Lager gesetzt. Nach einer Weile war dann Schluss, das Gefährt blieb stehen. Wir mussten Geräte und Proben auspacken und so viel wie möglich tragen. Es wurde ein beschwerlicher Marsch. Etwas über zehn Kilometer waren noch zurückzulegen und das im Raumanzug mit schwerem Gepäck über einen Untergrund, bei dem jeder Schritt kontrolliert gesetzt werden musste. Bei dem kurzen

Marsch wuchs ein starkes Gefühl, dass wir uns auf einem feindlichen Boden befanden, beziehungslos und fremd fühlte ich mich. Ich blickte zu Ben. Hinter der Sichtscheibe seines Helmes sah er aus wie ein großer Fisch in einem engen Aquarium. Ich dachte: „Selbst dieser Kontakt mit dem Mars ist nicht unmittelbar, wir stecken in unseren Raumanzügen. Ungeschützt würde der Mars uns sofort töten mit seiner dünnen Atmosphäre und seinem großen Temperaturgefälle." Beim Weiterstapfen überlegte ich noch: „Nichts gibt es, was uns dieser Planet zur Erhaltung unseres Lebens geben würde." Schon in diesen ersten Tagen keimte in mir die Überzeugung, dass dieser Planet keine Menschenwelt ist und auch nie eine werden könnte. Mehr und mehr fühlte ich fast körperlich die Feindschaft des fremden Planeten. Allmählich sah ich die ganze Mission mit anderen Augen.

Noch schlimmer, ich begann heimlich diese fremde Welt zu hassen.

Nach zwei Kilometern gaben wir erschöpft auf und riefen über Funk Verstärkung. Pedro holte uns mit dem zweiten Hund ab. Zurück im Modul wollte ich nur noch schlafen.

Gedanken über Erkenntnis

Ich habe mich in der kurzen Zeit unserer Reise sehr gewandelt und bin mir selbst fremd geworden. Vielleicht ist es aber nur der junge Mann vor der Marsmission, der mir völlig fremd geworden ist. Seltsam, er war nicht weniger intelligent oder kritikfähig. Er war nur ein Streber, dem alles zuzufallen schien. Wieso hatte er nicht gemerkt, wie leer diese Begeisterung für den Flug zum Mars war? Wieso hatte er diese Verwerfungen in der menschlichen Gesellschaft nicht gesehen? Im Grunde wusste er, dass alles irdische Leben untereinander verbunden und damit abhängig von einander ist. Er hatte keine Schlüsse daraus gezogen. Werden wir alle auf der Erde einer Gehirnwäsche unterzogen? Unser Leben ist untrennbarer Teil des irdischen Lebens und wir verschwenden riesige Mengen von Ressourcen, die notwendig wären, um die bisher von der ausufernden menschlichen Zivilisation gemachten Schäden einzudämmen. Wenn ich wieder auf der Erde bin, werde ich meine Popularität dafür nutzen, die Entfremdung der menschlichen Gesellschaft vom Biotop Erde bewusst zu machen und wo es geht zu heilen.

Der Mars

Bei genauerer Untersuchung im Labor unseres Landemoduls stellte sich heraus, dass unsere Staubproben dem Anschein nach tatsächlich organische Fragmente enthielten, zwar etwas fremd wirkende kleine Bruchstücke ringförmiger Kohlenwasserstoffe, in denen der Kohlenstoff vielfach durch Silizium ersetzt ist. Es fanden sich auch verbundene Phosphoratome und Schwefel. Damit stand fest, dass diese Stelle in kommenden Tagen akribisch untersucht werden musste.

Den kommenden Tag brachte mich Ben mit einer Werkzeugausrüstung zu dem liegen gebliebenen Hund und ich versuchte, ihn zu demontieren und wieder flott zu bekommen, was mir schließlich auch gelang. Während dieser Zeit untersuchte Oleine zusammen mit Pedro und Ben die Örtlichkeit, an der wir so viel lose

Materie mit der Sprengung aufgewirbelt hatten. Sie machten dort Ausgrabungen und sammelten aus tieferliegenden Schichten viele Proben ein. Mit dem reparierten Hund schloss ich mich ihnen nachmittags an. Gemeinsam fuhren wir dann zurück.

Als wir in unserer Station unsere Raumkleidung abgelegt hatten und eine gemeinsame Mahlzeit einnahmen, bemerkte ich, dass schon nach den drei Tagen auf dem Mars eine Veränderung im Verhalten der Gefährten eingetreten war. Hatte bei der Anreise auf dem Raumschiff immer ein fröhlicher Ton geherrscht, waren wir untereinander immer freundlich zugewandt gewesen, so änderte sich das auf dem Mars offensichtlich. Unsere Freundschaft stand nicht mehr im Vordergrund. Wir waren angespannt und unpersönlich. Wir arbeiteten verbissen und konzentriert, aber alle schienen eine kleine Enttäuschung mit sich zu schleppen, unfähig einen

Grund für Missstimmung zu erkennen. In meiner Schlafnische betrachtete ich noch lange auf meinem Smartphone die Bilder meiner Lieben.

Gedanken über Erkenntnis

Erkenntnis ist ein interessantes Wort. Es strahlt Sicherheit aus mit einem Hauch von Wahrheit. Sie entsprießt zwischen Frage und Antwort. Bei der Frage, was wichtiger ist, die Frage oder die Antwort, will ich nicht Partei ergreifen, jedenfalls scheint es mir, es ist schwieriger, eine vernünftige Frage zu stellen, als eine vernünftige Frage zu beantworten, umso mehr, da uns auf der Erde der riesige Speicher des Internets zur Beantwortung einer Frage zur Verfügung steht, obwohl bei Informationen aus dem Internet Vorsicht geboten ist. Ich erinnere mich noch gut daran, dass diese Erkenntnis langsam anwuchs, als das Internet seine Kinderschuhe abgelegt hatte und dann viele Fake News und Halbwahrheiten in das Netz einsickerten. Als dann die KI die Netze eroberte, wurde es immer schwerer die Glaubwürdigkeit von Informationen zu beurteilen.

Aber nun zurück zu diesem interessanten Begriff der Erkenntnis. Sie erobert für uns unsere Welt. Ohne sie wären wir nur instinktgesteuert. Es scheint nur, dass die Instinkte und Gewohnheiten die stärkere Antriebskraft für uns sind. Sonst wäre es nicht zu erklären, dass das Wissen um die Umweltschäden, die langsam unsere Lebensgrundlagen erodieren, uns nicht dazu bringen kann, Gewohnheiten abzulegen und daran zu arbeiten den Gesamtorganismus unserer Erde zu erhalten. Es scheint, wir sind falsch programmiert. Wir müssen erobern und erkennen nicht, dass wir ein Teil dessen sind, was wir zu erobern trachten, und deshalb wirken wir zerstörerisch. Wie Krebszellen, die sich selbstständig machen, überwuchern andere Zellen den Organismus, dessen Teil sie waren, erobern, bis sie das Gesamte zerstört haben. Ich war eine der Krebszellen. Sollte ich die Erde noch einmal wiedersehen, dann würde ich für eine Zukunft der Menschheit kämpfen, die nicht auf dem Mars liegt. Ich werde mich dafür einsetzen, dass die Menschheit mit der Ausbeutung der Natur Schluss macht und sich um Solidarität mit dem Leben bemüht. Dass sie den gesamten Reichtum an Leben, den uns unsere Erde erschaffen hat, bewahrt.

Mars

Morgens früh baute ich mit Pedro den kleinen Helikopter zusammen, der zum Verstauen und zum Transport demontiert war. Ich war sehr gespannt darauf, wie sich in dieser dünnen Atmosphäre das Prinzip des Hubschraubers bewähren würde. Oleine war vertraut mit diesem Gerät. Sie wollte, wenn möglich, zur Polregion fliegen. Das Gerät konnte nur einen Passagier befördern und so wollte sie allein diese mehrtägige Expedition unternehmen. Da die Kabine des Helikopters einen Druckausgleich hat, konnte sie sich auch über längere Zeit in dem Gerät ernähren und ohne den lästigen Helm schlafen. Die Reichweite war durch die Treibstoffreserve vorgegeben. Abends stand das Gerät fertig zwischen den Beinen unserer Raumstation. Beim ersten Lichtschein startete Oleine. Ich hatte meinen Raumanzug angezogen und beobachtete ihren Start.

Nach dem gemeinsamen Frühstück bepackten wir beide Hunde und fuhren zu einer kleinen Senke, um dort eine Tiefenbohrung zu machen. Mit Erdankern befestigten wir das Bohrgestell und machten die Messgeräte bereit. Der Bohrer kam gut voran, nach je fünf Metern zogen wir ihn hinaus und senkten Messsonden in das Bohrloch. Kurz vor 90 Metern stieß der Bohrer ins Leere, wir hatten einen Hohlraum erbohrt. Wir zogen den Bohrer zurück, doch kaum hatten wir damit begonnen, wurde der Bohrer wieder herausgetrieben. Wir gingen in Deckung. Nach dem Bohrgestänge entwich dem Bohrloch eine Gasfontäne vermengt mit Gesteinsresten. Als der Auswurf nachgelassen hatte, näherten wir uns vorsichtig der Bohrstelle. Aus dem Loch, das wir gebohrt hatten, entwich noch immer Gas. Eine schnelle Messung ergab, es war reiner Wasserstoff. Ben brummte in sein Mikro: „Zum Glück hat die Atmosphäre keinen Sauerstoff, sonst hätte es knallen können." Wir berieten, was wir tun könnten, dann rollten wir mit Anstrengung einen Stein aus der Nähe auf das Bohrloch.

Zurück zur Basis fanden wir heraus, dass Oleine nicht mehr über Funk erreichbar war. Das beunruhigte uns zunächst nicht, sie hatte wohl ausgeschaltet, um sich in Ruhe zu entspannen. „Das sieht ihr nicht ähnlich", meinte Pedro und rief unsere Raumstation an. Lyssa meldete, das Funksignal wäre am frühen Nachmittag plötzlich abgebrochen. Nun waren wir doch sehr beunruhigt. Wir berieten uns und beschlossen, bis zum Morgen zu warten.

Abends sagte Ben: „Was machen wir eigentlich hier?" „Was meinst du?", fragte ich erstaunt. Herausfordernd blickte Ben mich an: „Glaubst du noch immer an den Weihnachtsmann? Auf dieser Gesteinswüste werden doch nie Menschen leben können. Meinst du, man kann auf Dauer in einem abgeschlossenen Raum existieren? Wie lange hält man das aus? Ich möchte wissen, wer so viel Interesse daran hat und diese Riesensummen in so ein Projekt investiert." Bestürzt darüber, dass zum ersten Mal jemand meine längst gehegten Zweifel äußerte, sagte ich nachdenklich: „Mit diesem Planeten hast du wohl recht, aber du scheinst unsere Geldmafia nicht zu kennen. Das Geld, das sie in Aktionen wie unsere Marsmission reinstecken, holen sie sich vergoldet von der Allgemeinheit zurück." Verdrossen meinte Pedro: „Was schwafelt ihr über Dinge, die ihr nicht versteht, Oleine ist anscheinend in Gefahr, das ist Fakt. Macht euch Gedanken, wie wir helfen können." Deprimiert begaben wir uns in unsere Schlafkojen.

Am nächsten Tag kam auch kein Lebenszeichen von Oleine. Wir hatte nun regen Funkverkehr zum Orbit, von dort zur Erde und von der Erde zu uns. Fest stand, als die Verbindung zu Oleine abbrach, war sie bereits über tausend Kilometer von uns entfernt. Wir hatten nur unsere beiden Hunde, die nicht einmal 40 Kilometer in der Stunde zurücklegen können, bei schwierigem Gelände noch deutlich weniger. Wir diskutierten heftig über Rettungsmaßnahmen, so aussichtslos uns eine Rettung auch schien. Dann kam von der Erde die Anweisung: „Keine Rettungsversuche, die anstehenden Arbeiten entschlossen weiterführen." Pedro war außer sich: „Was sind wir für diese Schweine, wenn wir funktionieren, sind wir Helden, sonst sind wir abgeschrieben. Die können mich mal." In rasender Wut bestieg er seinen Raumanzug und verschwand in der Schleuse. Es dauerte ein wenig, bis wir zum Ausstieg fertig waren. Als wir die Landefähre verließen, hatte Pedro schon einen der Hunde mit den zwei Reserveakkus bepackt und war bereit abzufahren. Wir versuchten ihn zu überreden, dieses wahnwitzige Vorhaben aufzugeben. Wir hörten nur noch über den Sprechfunk: „Oleine hätte uns auch nicht im Stich gelassen", dann fuhr er los. Ben und ich gingen erst noch einmal zurück in die Landefähre und verständigten Lissy sowie die Erdstation über den Vorgang.

An diesem Tag haben wir keine Arbeiten mehr ausgeführt. Wir versuchten, zu Pedro Kontakt zu halten, und er meldete sich von Zeit zu Zeit und gab uns seine Position an. Gegen Abend war er 200 Kilometer weit gekommen und legte eine Pause ein.

Weitere Gedanken

Wir sind untrennbar an unsere irdische Welt angepasst. Die Anpassung, und damit auch die Abhängigkeit zu dem irdischen Gesamtsystem hat uns geformt und zu dem gemacht, was wir sind. Wir können nicht ohne diese Abhängigkeiten überleben. Wir sind nicht autark, wir sind nur ein Teil des irdischen Gesamtbiotops. Selbst auf so ferne Gebiete wie den Mars nehmen wir einen Teil der Erde mit uns, in unseren Raumanzügen und im Inneren einer abgekapselten Landefähre. Wir sind isoliert im irdischen Milieu. Wie lange können Menschen in Isolation gesund bleiben? Wir sind erst kurze Zeit, gut abgeschirmt vom dem Planeten, auf dem wir uns befinden, und doch sind wir schon angegriffen von dieser fremden Welt, ohne zu ihr direkten Kontakt zu haben. Die NASA hat sehr widerstandsfähige Menschen ausgewählt und zu diesem Planeten gesandt, doch es ist nicht zu übersehen, wir sind nicht mehr die, die wir einmal waren, und das betrifft sowohl die körperliche Gesundheit als auch die psychische. Ich sorge mich um Ben, er spricht nicht mehr mit mir, er arbeitet immer langsamer und trägt eine mürrische, ja zornige Miene zur Schau. Ich sehne mich danach, dass wenigstens Pedro wieder zurückkommt. Für Oleine habe ich keine Hoffnungen mehr.

<u>Mars</u>

Pedro schickte uns weiterhin sehr kurzgefasste Lebenszeichen, in die sich vermehrt Verzweiflung mischte. Er hatte mehr als die Hälfte der Energie verbraucht und noch keinerlei Spur von Oleine. Es wurde höchste Zeit für ihn umzukehren. Unsere Mahnungen ignorierte er bisher. Ich versuchte, die noch ausstehenden Arbeiten draußen mit dem zweiten Hund zu erledigen, Ben blieb im Landeschuffel, einerseits zur Aufsicht, andererseits, weil er kaum noch zu Arbeiten zu gebrauchen war. Mit mir sprach er nicht mehr und schaute mich feindlich an. Als ich gegen Abend zurückkam, sah ich an den Aufzeichnungen des Funkverkehrs, dass Pedro umgekehrt war und sich unverrichteter Dinge auf den Heimweg begeben hatte. Ben lag in seiner Schlafliege mit dem Gesicht zur Wand. Am folgenden Tag blieb ich in unserer Station, um Pedro zur Hilfe kommen zu können. Der Tag verging ohne Lebenszeichen. Dann kamen gegen Mittag des folgenden Tages verworrene schwache Hilferufe. Ich fuhr mit dem zweiten Hund Pedro entgegen. Von Zeit zu Zeit hielt ich und suchte die Gegend vor mir mit dem Feldstecher ab. Der Feldstecher ist fest in den Helm integriert und kann bei Bedarf auf den Sichtschutz des Helms heruntergeklappt werden. Von einer Erhebung aus sah ich schließlich, wie sich eine Gestalt in der Ferne zu Fuß weiterschleppte. Als ich Pedro erreichte, war er ohnmächtig zusammengebrochen. Im Raumanzug konnte ich wenig helfen. Mit großer Kraftanstrengung hievte ich ihn auf den Hund und fuhr mit der höchsten Geschwindigkeit zurück. Ich hätte Ben umbringen können, so wütend war ich auf ihn, als er sich endlich bequemte mit anzufassen, um Pedro hineinzutragen und den Raumanzug auszuziehen. Pedro erwachte kurz und fiel dann wieder in Ohnmacht. Mit Anweisungen, die ich über Funk erhielt, bemühte ich mich Pedro am Leben zu erhalten, vergebens. Einen Tag nach seiner Rückkehr starb Pedro in der Station. In einem Isoliersack lagerten wir ihn in der Marskälte. Ich war nun in einem Dilemma. Sollte ich Ben als Ausfall melden, oder die Leitung des Unternehmens über die Lage im Unklaren lassen?

Ich war noch unentschlossen, da kam die Anweisung, wir sollten zu zweit zu einem entfernten Bergmassiv aufbrechen. Ich meldete zurück, dass wir diese Anweisung nicht ausführen könnten, da Ben erkrankt und nicht einsatzfähig sei. Nun bekamen wir die Anweisung, unseren Aufenthalt auf dem Mars abzubrechen und zurück zum Raumschiff zu starten.

Ich machte nun die Startrakete klar und verstaute unsere Proben und Pedros sterbliche Überreste. Der größte Teil des Landemoduls, die Gerätschaften, Wasser und die Akkumulatoren blieben zurück. Zu zweit hatten wir mit allen gesammelten Proben in der Rakete, die uns zurück zum Raumschiff bringen sollte, genügend Platz, sie war ja für vier Personen ausgelegt. Bei den Vorbereitungen zum Rückstart begann Ben mitzuhelfen. Ich fasste schon Hoffnung, er würde mental gesunden, aber wenn ich etwas sagte oder versuchte,

Blickkontakt zu ihm aufzunehmen, um ihm zuzulächeln, sah ich nur die finstere Mine, die mir merkwürdig versteinert vorkam. Dann hatten wir eine günstige Position und ich zündete die Triebwerke. Zurück blieben die Hinterlassenschaften von einem Besuch aus einer anderen Welt. Der Start verlief reibungslos. Die Automatik brachte uns vorsichtig an unser Raumschiff und wir koppelten an.

Im Raumschiff

Ich ließ Ben zuerst durch die Schleuse kriechen. Seine trägen Bewegungen ärgerten mich, aber gleich darauf dachte ich, er sei schwer krank, es würde für ihn ein langer Weg zur Erde, um dort ärztlich behandelt zu werden. Als Ben die Schleuse nicht mehr blockierte, hechtete ich ihm hinterher und landete in den Armen beider Gefährtinnen. Der sonst so streng blickenden Melanie liefen Freudentränen über die Wangen. Plötzlich sah ich, wie schön sie war, aber ich rief mich gleich zur Ordnung. Als wir die Raumanzüge abgelegt hatten, saßen wir zusammen und erzählten die Begebenheiten der letzten Tage. Bens stumpfe Gesichtszüge hatte ich mich schon fast gewöhnt, doch Lyssa blickte mit großen fragenden Augen von mir zu Ben. Ich zuckte vorsichtig mit den Schultern und signalisierte ihr, dass ich auch wegen Bens Zustand ratlos sei. Ben zog sich bald schon zurück und sagte, er müsse schlafen. Zu dritt berieten wir dann, wie wir ihm helfen könnten. Danach gingen wir die Positionen und Routinen für den Rückstart durch. Es blieben noch fast fünf Stunden für die errechnete Startposition. So beschloss ich, etwas zu schlafen, und überließ die anstehenden Maßnahmen den beiden Frauen. Zum Schlafen kam ich nicht und nach einer Ruhepause ging ich wieder in die Kommandozentrale und beteiligte mich am Abschlusscheck. Die angekoppelte Marsrakete, mit der wir zurück zum Mutterschiff gelangt waren, wurde abgesprengt und trudelte dem Mars entgegen. Ich holte Ben aus seiner Koje und wir nahmen unsere Sitze ein. Dann hörten wir das Röhren der Triebwerke und es begann wieder der Andruck der Beschleunigung. Unser Raumschiff verließ die Marsumlaufbahn. Die Zeit der Beschleunigung verging schnell, dann waren wir wieder schwerelos und lösten uns aus den Sitzen. Ben verzog sich abermals und zu dritt machten wir unsere vorgeschriebenen Muskelübungen. Ich bemühte mich, nicht zu Melanie zu sehen, denn sie erregte mich und das sollte doch nicht sein. Auf unserer Hinfahrt zum Mars war es anders gewesen, Melanie gehörte zum Team wie alle anderen auch. Ich war verwirrt und bemühte mich, Abstand zu halten.

Die Tage waren nun wieder getaktet durch die vorgeschriebenen Routinen. Auch Ben beteiligte sich wieder, aber er war nicht mehr der gut gelaunte und zu Scherzen aufgelegte Stimmungsmacher. Mich irritierten am meisten seine Augen, sie waren finster und abweisend. Wenn er sich unbeobachtet fühlte, waren seine Blicke tückisch auf uns gerichtet. Von der guten Laune, die einst geherrscht hatte, war nicht mehr eine Spur zu finden. Es herrschte eine Spannung, die belastete.

Melanie und Ben hatten sich zum Schlafen zurückgezogen. Lyssa saß noch vor dem Funkgerät und gab mir ein Zeichen, dass sie noch etwas mit mir zu besprechen hätte. Sie sagte: „Unser Raumklima ist kaum noch auszuhalten. Um Ben mache ich mir Sorgen, er ist krank, dafür kann er nichts. Aber du bist wie ein Stockfisch und läufst mit schlechtem Gewissen umher, Melanie ist träumerisch und zieht sich mehr und mehr zurück. Heimlich beobachtet ihr euch und glaubt, niemand merkt etwas. Ihr seid verliebt und wollt es nicht wahrhaben. Spreche dich mit Melanie aus, das kann doch nicht bis zur Erde so weitergehen. Mir ist klar, das Schiff ist kein Liebesnest, aber auf euch wartet eine Zukunft, auf die ihr euch freuen könnt. Ihr seid keine Teenager mehr. Ich wünsche euch beiden von Herzen Glück." Mit diesen Worten verließ Lyssa den Kommandoraum und begab sich in ihre Schlafkoje. Lyssa hatte wohl auch mit Melanie geredet, denn als ich mir ein Herz nahm, um zu ihr von meinen Gefühlen zu sprechen, war sie nicht einmal überrascht. Wir besprachen unsere Situation mit großem Ernst und kamen zu dem Schluss, dass wir im Team wie sonst sachlich weiterarbeiten sollten. In den Ruhepausen konnten wir uns dann ein wenig Glück gönnen. Wir hatten uns so viel zu erzählen.

Melanie stammte von einer reichen amerikanischen Familie aus Florida. Ihr Vater leitete eine Versicherungsgesellschaft und war Republikaner, ihre Mutter war Rechtsanwältin und Demokratin. Sie hatte noch einen jüngeren Bruder, der eine Kadettenanstalt besuchte. Melanie hatte auch wie ihre Mutter anfangs Jura studiert, aber dann abgebrochen und war mit dem Wunsch, eine Fliegerausbildung zu bekommen, in die Armee eingetreten. Ich erzählte ihr von meiner Jugend in Niedersachsen, meinem Studium in Göttingen und Heidelberg, von meiner kurzen Ehe und meiner kleinen Tochter und von den Versuchen meiner geschiedenen Frau, mir meine Tochter zu entfremden. Ich zeige ihr die Bilder auf meinem Smartphone, was ich ja illegal mit an Bord genommen hatte. Melanie war sehr zärtlich, war jedoch gegen sexuelle Kontakte im Raumschiff. Wir träumten beide von der Hochzeit nach der Landung, von einem Haus möglichst in freier Natur und von Kindern. Ich beichtete ihr, dass mir bewusst geworden war, was für ein großer Betrug an den Menschen diese Raumfahrtunternehmungen seien, und dass ich mich nach meiner Rückkehr in der Politik engagieren wolle, um der Erhaltung unserer schönen Erde zu dienen. Die bisherigen Spannungen im Schiff, waren von dem unzugänglichen Ben abgesehen zerstoben und auch Lyssa nahm an unserer optimistischen Stimmung teil. Wir konnten wieder zwanglos miteinander umgehen, scherzen und uns auf die Landung freuen..

Dann kam ein Tag, der unsere Zukunft in Frage stellte. Ganz plötzlich fast ohne Vorwarnung gerieten wir in einen Schwarm von Meteoriten. Sie kamen zu schnell für uns. Als wir die Gefahr bemerkten, vergingen nur wenige Sekunden, dann prasselten Geschosse mit großer kinetischer Energie auf unser Schiff. Das Raumschiff begann zu trudeln, wir wurden umher geschleudert. Nun verlosch das Licht. Lyssa gelang es, die Stromversorgung wieder herzustellen. Einige Leitungsstränge mit Kurzschlüssen konnte sie abtrennen. Zu unserem Glück hatten sich die Luftschleusen zum hinteren Schiff automatisch geschlossen, denn wie wir später mit einer aktivierten Kamera feststellten, war die Außenhaut des hinteren Schiffes in großen Bereichen aufgerissen und die dortige Atmosphäre war entwichen.

Kaum hatten wir uns etwas beruhigt, meldete Lyssa, dass wir die Kontrolle über unseren Kernreaktor im hinteren Schiff verloren hatten. Im Raumanzug versuchte ich, durch die Schleuse nach hinten zu gelangen. Wegen der großen Hitze, die hinter dem Schleusentor zum hinteren Raumschiff herrschte, ließ sich der Zugang nicht öffnen und ich musste mein Vorhaben aufgeben. Wir wussten nun, dass durch die große Hitzeentwicklung, die eventuell von dem Reaktor ausging, dessen Regulierung wir verloren hatten, die Treibstofftanks gefährdet waren und das ganze Schiff zu explodieren drohte. Es bleib nur das Modul, das zur Landung auf die Erde vorgesehen war. Lyssa verstaute rasch einen Teil der Funkanlage, Melanie raffte mit mir Nahrung eine Notfallapotheke und Wasserreserven zusammen. Dann bugsierten wir den sich sträubenden Ben in das Modul. Melanie löste die Verbindung zum Raumschiff. Ein Düsenstoß stieß uns vom Mutterschiff fort. Es dauerte nicht lange, da spürten wir eine heftige Explosion, die uns an die Wandung krachen ließ. Das Raumschiff war in unserer Nähe explodiert. Durch die Druckwelle waren wir eine Zeit lang ohnmächtig. Als wir zu uns kamen, wussten wir nicht, wie weit in den Raum uns die mächtige Explosion der Treibstoffreserven geschleudert hatte. Wir wussten nicht einmal, in welche Richtung die Beschleunigung gewirkt hatte. Wir waren also nicht in der Lage, unsere Position im Raum annähernd zu bestimmen. Als Ben aus der Ohnmacht erwachte, fing er an zu toben. Zu dritt versuchten wir, ihn zu halten und zur Vernunft zu bringen. Ich sah keine andere Möglichkeit, als ihn zu betäuben. Dann kauerten wir hoffnungslos zusammen, Melanie in meine Arme geschmiegt und Lyssa an die Reste eines Funkgerätes geklammert. Ben, immer noch betäubt, hatten wir zur Sicherheit gefesselt. Nun begann das lange Warten, es ist wahrscheinlich ein Warten auf den Tod.

Epilog

27 Monate nach der Explosion des heimkehrenden Raumschiffes der Marsmission konnte die Landekapsel geborgen werden. Nachdem es gelang, die genaue Position zu orten, dauerte es mehr als ein Jahr ein Raumschiff mit der Fähigkeit, die Kapsel zu bergen, auszurüsten und zu starten. Die Kapsel war in einem guten Zustand, die Atmosphäre im Inneren hatte Normaldruck, gering erhöhte CO_2-Werte und genug Sauerstoff. Allerdings war die Energie verbraucht und dadurch hatte die eindringende Weltraumkälte alles tiefgefroren. Die

vier Weltraumpioniere starben den Kältetod und waren tiefgefroren noch völlig erhalten. Zur Überraschung des Hilfstrupps hielt einer der erfrorenen Astronauten ein Smartphone in seiner Hand. Das Smartphone wurde vorsichtig der erstarrten Hand entnommen und konnte später ausgelesen werden.

Die gesammelten Marsproben waren gut verwahrt und unversehrt. Nach der Bergung der gesammelten Proben kam man überein, die Kapsel wieder zu verschließen und sie mit den erstarrten Pionieren der Weite des Raumes zu überlassen.

<u>Weitere Bücher von Karl-Heinz Haselmeyer</u>

<u>Elitefrauen</u>

Der Roman befasst sich mit dem Phänomen der Zeit verpackt in eine spannende Geschichte. Ein Team von Astronautinnen bricht zu einer Reise ins Universum auf, bei der laut Plan erst die nächste Generation die Erde wieder erreichen kann. Unerklärliche Zeitphänomene ändern alle Reisepläne. Als das ursprüngliche Frauenteam, kaum gealtert, wieder zur Erde zurückkehrt, sind Jahrhunderte vergangen und die Menschheit befindet sich durch technische Verselbstständigung im Niedergang. Durch den Einsatz der Frauen können die Gefahren, die der Menschheit drohen, abgewendet werden. (Amazon Deutschland, 2017)

Das Fenster zur Evolution

Abenteuer in einer unberührten Natur. Nach einer Umweltkatastrophe existieren die Überlebenden in isolierten Städten und werden kybernetisch mental reguliert. Die Umwelt ist für Menschen tabu. Zur Vorbereitung einer Raumfahrt wird eine Versuchsperson ungeregelt in die Tabuzone gesandt, macht Erfahrungen mit der für ihn neuen Selbstständigkeit und erlebt die von Menschen verschonte Natur. Er muss sich mit wilden Tieren und den Naturgewalten auseinandersetzen und lernt andere Lebensformen sowie Affen kennen, dich sich unabhängig von den Menschen weiterentwickelt haben. (Amazon Deutschland, 2017)

Uropageschichten

Der Urgroßvater erzählt seinen Enkeln von seiner Kindheit und Jugend in der Kriegs- und Nachkriegszeit in Göttingen. Ein warmherziges Jugendbuch, das auch für Erwachsene interessant ist.(Amazon Deutschland, 2017)

Symbiose

In der Gesellschaft nimmt die Tendenz zur Selbstoptimierung zu. Was hat das für Auswirkungen auf die Persönlichkeit und die menschlichen Beziehungen, wenn ein Mensch durch die Symbiose mit technischen Objekten eine enorme Gedächtniskapazität und eine hervorragende Denkfähigkeit bekommt? In diesem Science Fiction setzt sich Karl-Heinz Haselmeyer kritisch mit den wachsenden Möglichkeiten der Medizin auseinander. (Amazon Deutschland, 2018)

Terroristen

Was wäre, wenn es einer Terrororganisation gelänge, die Herrschaft über den Erdball zu erringen? Könnte man dann dem Ideal der Gewaltlosigkeit treu bleiben oder wäre es nicht Pflicht, sich mit allen Mitteln zu wehren?

Ein junger Gotteskrieger bereist die Erde auf der Suche nach Naturschönheiten und kommt dabei mit den unterdrückten Menschen in Berührung. Er verliebt sich in eine Wildhüterin im Yellowstone Park. Als er erfährt, dass der Beherrscher der Erde eine vernichtende Eruption im Park auslösen und damit wohl alle Bewohner des gesamten Kontinents vernichten will, kämpft er gemeinsam mit den Bewohnern für ihre Rettung auch um den Preis der eigenen Vernichtung.(Amazon Deutschland, 2018)

Der verbotene Planet

Expeditionen zu einem erdähnlichen Planeten scheiterten unter seltsamen Umständen und endeten in einer Katastrophe. Der Planet wurde unter Quarantäne gestellt und jegliche Landung verboten. Die Besatzung eines havarierten Raumschiffes muss auf diesem Planeten notlanden. Die Überlebenden werden von einem Raumkreuzer gerettet. Das Rettungsraumschiff gerät anschließend insbesondere durch eine mysteriöse Krankheit in Schwierigkeiten. Unter großen Verlusten kann das Geheimnis des verbotenen Planeten geklärt werden.(Amazon Deutschland, 2019)

Interaktiv

Ein Fachmann der „Künstlichen Intelligenz" schildert den Versuch, der Leistung des menschlichen Gehirns nahe zu kommen, und erzählt von den damit verbundenen Problemen. Im Zwiegespräch mit der geschaffenen Apparatur werden wissenschaftliche Themen aus der Teilchenphysik und der Kosmologie sowie zivilisatorische Entwicklungen angesprochen. In kurzer Zeit ist der Rechner seinen Schöpfern überlegen, kann von ihnen nicht mehr kontrolliert werden und geht eigene Wege, was seinen Betreuer in große Schwierigkeiten bringt. (Amazon Deutschland, 2019)

Eisige Höhen

Bei einer unheimlichen Begegnung wird ein normaler Bürger durch Drogen aus seinem einfachen Leben gerissen. Er wird ein gefühlloser Karrierist, dem ein schneller Aufstieg in der politischen Gesellschaft vorgezeichnet ist. Zu spät merkt er, dass er ein machtloses Werkzeug in den Händen einer Verschwörung ist. Vorsichtig versucht er sich daraus zu befreien. Als die Verschwörung aufgedeckt wird, gilt er zunächst als Hauptverdächtiger, wird aber teilweise rehabilitiert. Was bleibt, sind Scham und Sehnsucht nach seinem einfachen Leben.(Amazon Deutschland, 2020)

Homunkulus

Die alte Geschichte des synthetischen Menschen wird unter modernen Aspekten aufbereitet. Im Vordergrund stehen die Fragen: Was ist Leben und wie ist ein Bewusstsein mit der Erkenntnis und der Intelligenz verknüpft, aber auch, welchen Platz haben Gefühle in diesem Zusammenhang? Fragen, die sich bei weiterem Fortschritt der IT-Forschung wohl einmal stellen könnten. Das geschaffene technische Wesen ist nach kurzer Entwicklungszeit seinen Schöpfern intellektuell überlegen und entgegen allen Erwartungen entsteht eine wechselseitige enge gefühlsmäßige Bindung.(Amazon Deutschland, 2020)

Genderfrei

Nur wenige Menschen konnten einer irdischen Katastrophe entfliehen und leben in einer Höhle hundert Meter unter der Mondoberfläche. Sie suchen einen Neuanfang, ohne in die verhängnisvollen Fehler der Vergangenheit zurückzufallen, die fast zur Vernichtung der Menschheit geführt hatten. Da Sprache das Bewusstsein formt, sollen alle Diskriminierungen im Sprachgebrauch abgeschafft werden. In genderfreier Sprache werden die Nöte und Zwänge der Überlebenden geschildert, denen nur ein Ausweg bleibt, sie müssen versuchen die zerstörte Erde neu zu besiedeln.(Amazon Deutschland, 2020)

Habilitation

In Form einer wissenschaftlichen Habilitationsarbeit wird geschildert, wie nach einer Klimakatastrophe die Manipulationen an der Keimbahn von Menschen mit dem Ziel einer höheren Hitzetoleranz zu einer neuen Spezies führten. Die gezüchteten Thermophilen vermehrten sich stark und es entstanden Probleme des Zusammenlebens. Nach Versuchen, die Venusatmosphäre zu reinigen und die Temperatur dort zu senken, wurden die Thermophilen ausgesiedelt.(Amazon Deutschland, 2021)

Kontakt

Auf der Suche nach außerirdischem Leben stoßen Wissenschaftler auf Signale, die sich von natürlichen abgrenzen lassen. Versuche, diese Signale zu entschlüsseln, scheitern. Ähnlichkeiten mit dem genetischen Code bringen Forscher dazu, die Signale biochemisch in Materie zu überführen. Diese Versuche münden in eine Katastrophe und müssen gewaltsam beendet werden.(Amazon Deutschland, 2021)

Thomas

Die Innen- und Außenwelt eines kritischen Realisten wird gespiegelt in einem Zeitraum von achtzig Jahren. Das Symbol der geistigen Auseinandersetzung ist der „ungläubige Thomas". Zeitgeschehen, Geschichte und Reflexionen wechseln in bunter Folge. Eine sehr persönliche Geschichte. (Amazon Deutschland, 2021)

Bildet Sprache Bewusstsein?

Die künstliche Nachbildung eines neuronalen Cortex ist ein Quantensprung in der digitalen Datenverarbeitung. Damit taucht die Frage auf: kann sich in einem elektronischen Schaltkreis Bewusstsein entwickeln? Eine Arbeitsgruppe in dem Forschungszentrum geht dieser Frage nach. Der Satz: Sprache prägt das Bewusstsein erweist sich als eine falsche Fährte.(Amazon Deutschland, 2021)

Geschenkte Gedanken

Studium an einer Eliteuniversität in den USA und ein Großvater, der die weltanschaulichen Gespräche mit seinem Enkel vermisst und ihm seine Gedanken per E-Mail weiterhin mitteilt. Der Student aus Deutschland findet die Frau seines Lebens und einen guten Freund, aber mit seinem Großvater bleibt er auch in der Ferne eng verbunden. (Amazon Deutschland, 2021)

Gier

Ein von Gier getriebener erfolgreicher Geschäftsmann schildert auf dem Krankenbett seinen Aufstieg und seinen selbstverschuldeten Absturz. Selbst seine schlimmen Erfahrungen können nicht verhindern, dass er später wieder den Verlockungen der Gier erliegt.(Amazon Deutschland, 2021)

Nachwelt

Es ist nicht gelungen die Biosphäre zu stabilisieren, die Menschen mussten sich als letzten Ausweg aus der Natur zurückziehen. In ihrem selbst erwählten Ghetto verlieren sie sich immer mehr in eine imaginäre Traumwelt. Ein junges Paar möchte sich dieser Entwicklung entziehen und bricht auf in eine menschenleere geschädigte Welt. (Books on Demand Norderstedt 2022)

Der Traum von der Zelle

Ein Blick in die nahe Zukunft, in der die emissionsfreie Energieproduktion die Umweltprobleme nicht nachhaltig beheben konnte. Viele Menschen verlieren ihre Lebensgrundlage und strömen in Gebiete, die noch nicht so stark betroffen waren. Dadurch entstehen gefährliche gesellschaftliche Entwicklungen. Ein Wissenschaftler entwickelt eine Methode, um das Schmerzempfinden abzuschalten. Als er sieht, dass seine Erfindung missbraucht werden kann, versucht er auf die Gefahren hinzuweisen, In seinen Vorlesungen erregt er Aufsehen und Widerspruch. (Books on Demand Norderstedt 2022)

Grenze der Vollkommenheit

Durch einen Kontakt mit einer interstellaren Intelligenz gerät für einen großen Teil der Menschheit das Leben in andere Bahnen. Begriffe wie Persönlichkeit, Intelligenz und Subjektivität müssen neu definiert werden. Mit einem zweiten Kontakt einer unbekannten Existenzform wird alles bisherige Leben in Frage gestellt. (Books on Demand Norderstedt 2022)

Bunkerleben

Vor einem Angriff mit atomaren Waffen können nur wenige Menschen in sicheren Bunkern Schutz suchen.

Ist in einem Bunker ein Überleben möglich oder ist der Aufenthalt tief in der Erde nur ein verlängertes Sterben? Scheinbar in Sicherheit, zeigt sich, wie sehr der Mensch mit seiner Umwelt verbunden ist.

Im Bunker entstehen menschliche Interaktionen, Menschen sind sehr adaptionsfähig, Isolation und Platzmangel können den Überlebenswillen nicht brechen. Aber die Nahrungsvorräte und künstlich erzeugten Nahrungsergänzungsstoffe reichen nicht aus. Es bleibt nur im Bunker zu verhungern oder ihn zu verlassen. (Books on Demand Norderstedt 2022)

Der Bärentöter

Eine bäuerliche Sippe der Eisenzeit war mit der Geschichte ihrer Vorfahren eng verbunden. In den Erzählungen der Ältesten führten sie ihre Herkunft auf einen steinzeitlichen Jäger zurück und erzählten von Jagden auf Tiere der Frühzeit wie Mammut und Höhlenbär, die längst ausgestorben waren. Ein spannendes Buch, das auch für Jugendliche interessant ist. (Books on Demand, Norderstedt 2022)

Der Hausmeister

Die Erderwärmung hat bei steigendem Meeresspiegeln zu großen Landverlusten geführt, und da außerdem in anderen Zonen durch ausbleibenden Regen fruchtbare Böden in Wüsten verwandelt wurden, ist weltweit die Nahrungsmittelproduktion eingebrochen. Große Teile der Weltbevölkerung mussten ihre Wohngebiete aufgeben und hungern. In dieser Notsituation haben radikale nationalistische Tendenzen in den noch bewohnbaren Gebieten starken Auftrieb erhalten und sich zu militanten Gruppen zusammengeschlossen. Neben den bedrohten Lebensbedingungen der Menschheit geraten auch die demokratischen Freiheiten der Menschen durch Terror und Angst in Bedrängnis. Ein junger Journalist, der sich für die Demokratie einsetzt, gerät in den gefährlichen Fokus der Nationalisten. (Books on Demand Norderstedt 2023)

Der Flug der Eule

Gedanken zwischen Erinnerung und aktuellen Ereignissen. Kann das helfen, sich dem Unbegreiflichen anzunähern? Im Vergangenen sollte der Samen für Zukünftiges zu finden sein. Was bleibt, ist Ratlosigkeit. (Books on Demand Norderstedt 2023)

Zwei Welten

Um die Existenz der Menschheit zu sichern, wird eine tiefgreifende Trennung eingeführt zwischen Menschen, die sich vermehren dürfen, aber auf jede Technik verzichten müssen, und Menschen, die auf Nachwuchs verzichten, dafür die technische Welt genießen können. In der technischen Welt konnte sich durch eine Kreislaufwirtschaft ohne Energieprobleme die digitale Welt voll entfalten. Aus der ärmlichen Welt wurden nach der Schulbildung junge Menschen nach einer Sterilisation in die Welt der Hightech und des Wohllebens aufgenommen. (Books on Demand Norderstedt 2023)

<u>Begreifen</u>

Mit den Sinnen erfassen, vergleichen, integrieren und in das bestehende Weltbild einordnen, alles das ist in dem Wort „Begreifen" enthalten. Aber unser Weltbild ist sehr begrenzt und Vieles, was wir als Information aufnehmen, sprengt unsere Maßstäbe und widerstrebt dem kritischen Verstand. Wir nennen es Wunder. Wunder müssen nicht, aber können hinterfragt werden. Wichtig ist, das wir Wunder wehen und nicht darüber hinweggehen. . (Books on Demand Norderstedt 2023)

Nennt mich aus Gewohnheit KI

Künstliche neuronale Netzwerke haben einen ganz speziellen Reiz. Bleibt das, was wir KI nennen, ein Werkzeug oder können wir Menschen einmal ein Werkzeug digitaler Vernunft werden? In einer Zeit, in der sich abzeichnet, dass die Menschheit den von ihr geschaffenen Problemen nicht gewachsen ist, ist das ein verführerischer Gedanke. . (Books on Demand Norderstedt 2024)

Lieber Gott, mach mich fromm, dass ich in den Himmel komm

Das Buch handelt von der Suche eines Agnostikers nach dem Verständnis für religiöse Glaubensinhalte. Im Hintergrund steht die Frage, was leisten die drei mosaischen Religionen bei der Lösung der Probleme unserer heutigen Welt. (Books on Demand Norderstedt 2024)

<u>**Die Abschaffung des Kapitals**</u>

Das komplizierte Geflecht der Weltwirtschaft baut auf einfachen grundlegenden Bausteinen auf. Das Verständnis dieser Grundlagen hilft dabei, eine Sicht auf die Dynamik, die diesem System zu eigen ist, zu gewinnen. Damit erlangen wir auch Einsichten auf Gefahren, denen wir in heutiger Zeit gegenüberstehen. (Books on Demand Norderstedt 2024)

<u>**Fragiles Dasein**</u>

Eine Reise von vielen Jahrzehnten in die Zukunft. Wegen der Erderwärmung musste die Menschheit die Erdoberfläche verlassen und führt nun in unterirdischen Städten ein Leben auf hohem technischen Niveau. Ein abnormaler Sonnensturm unterbricht die oberirdische Energieerzeugung und zerstört damit die unterirdische Existenzgrundlage. (Books on Demand Norderstedt 2024)

Gedichte und Bilder

Gedichte und eigene Gemälde aus fünf Jahrzehnten (Books on Demand Norderstedt 2024)

Geschehenes und Ungeschehenes

Angeregt durch ein Gespräch mit einem jungen Mann versucht ein alter Schriftsteller, die menschliche Geschichte aus einer tausendjährigen Perspektive zu sehen, um aus dieser Sicht auch Einblicke zu bekommen in das, was für ihn noch Zukunft ist. (Books on Demand Norderstedt 2024

Verlag: BoD · Books on Demand GmbH,
Überseering 33, 22297 Hamburg,
bod@bod.de
Druck: Libri Plureos GmbH,
Friedensallee 273, 22763 Hamburg
ISBN: 978-3-8192-7705-4

FSC
www.fsc.org
MIX
Papier aus ver-
antwortungsvollen
Quellen
Paper from
responsible sources
FSC® C105338